D0633815
NO LONGER
PROPERTY OF PPLD
112340401

La Gran Aventura de Don Roberto

por Horacio Madinaveitia

La Gran Aventura de Don Roberto

Diseño: Laffey Design

Impreso en MEXICO.

Publicado por: W. W. PUBLISHERS, INC.
Fort Lee, New Jersey

Catalogado en la Biblioteca del Congreso Número: 91-68492
ISBN 1-879567-02-4

Hace muchos años, en los tiempos de castillos y unicornios,
vivía un amable caballero llamado Don Roberto.
Llevaba una apacible existencia cultivando su jardín,
dándole de comer al gato, y aceitando su armadura
una semana sí y otra no. Pero un día, de pronto,
Don Roberto comenzó a sentirse muy, pero muy inquieto.

Como tan extraña sensación no desaparecía por sí sola,
Don Roberto fue a visitar al Mago del lugar. El Mago le examinó
el corazón, le pidió que respirara por la boca, le hizo una o dos preguntas
y finalmente descubrió la causa del problema.
Don Roberto necesitaba poner más aventura en su vida.

Despidiéndose de su gato y su jardín, Don Roberto cabalgó
hacia la capital del Antiguo Reino, donde sin duda habría
alguna aventura que emprender, o por lo menos
encontraría algo divertido con que entretenerse.

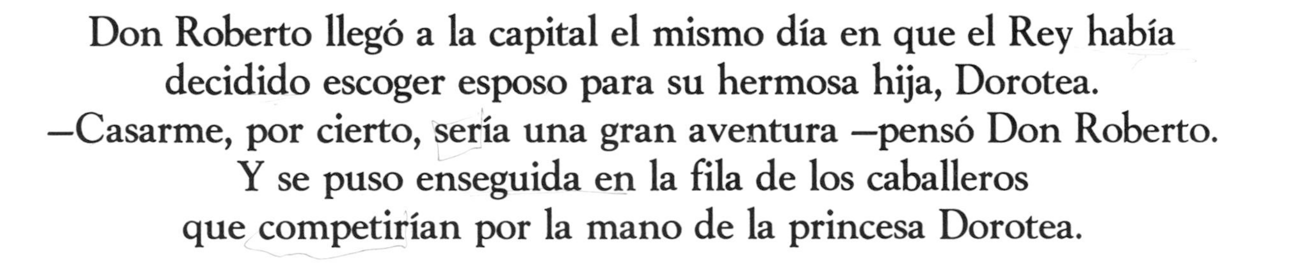

Don Roberto llegó a la capital el mismo día en que el Rey había
decidido escoger esposo para su hermosa hija, Dorotea.
—Casarme, por cierto, sería una gran aventura —pensó Don Roberto.
Y se puso enseguida en la fila de los caballeros
que competirían por la mano de la princesa Dorotea.

El Rey estaba empeñado en seleccionar a su yerno
más por valiente que por apuesto, por lo que anunció:
—¡La Princesa Dorotea se casará con el caballero que mate
a mi peor enemigo, el Dragón Lanzallamas!

La idea entusiasmó mucho a los caballeros, porque
cada uno de ellos estaba seguro de ser lo suficientemente fuerte y valiente
como para enfrentarse a cualquier monstruo. Así que entre gritos
y risotadas montaron en sus caballos y galoparon como el viento
en busca del Dragón Lanzallamas.

A Don Roberto, sin embargo, la idea no le despertó ningún entusiasmo. Él sabía bien que se sentía más a gusto regando flores que combatiendo dragones. Pero, a pesar de todo, Don Roberto también era valiente a su manera. Y saliendo del palacio con toda discreción, por una puerta lateral, emprendió la larga jornada hacia la Selva Tenebrosa.

A la entrada de la selva, una banda de ladrones estaba atacando a un viajero solitario. Sin pensarlo dos veces, Don Roberto acudió en su ayuda, y entre ambos lograron hacer huir a los ladrones. —Me llamo Varilla —dijo el viajero, después de la pelea. Y en agradecimiento, Varilla ofreció ayudar al caballero en su empresa.

Mientras recorrían la selva, Don Roberto y Varilla encontraron
una armadura que colgaba sobre un pozo, como si alguien
la hubiera puesto allí a secar. Dentro del pozo hallaron un perrito
que ladraba pidiendo auxilio. El cachorrito parecía tan
asustado y triste que Don Roberto se apiadó de él y lo llevó consigo.

Poco después, no muy lejos del pozo, Don Roberto encontró una carroza abandonada. Estaba rota y resquebrajada por todos lados, y atada a un extremo había una delicada cometa.
La cometa lucía tan extraña flotando en el aire, aun cuando no soplaba viento alguno, que Don Roberto decidió llevársela consigo.

Don Roberto salió de la Selva Tenebrosa con sus nuevos amigos,
encantado de dejar atrás ese lugar oscuro y misterioso.
Los cuatro viajaron muchas millas, conociéndose y
apreciándose cada vez más, y divirtiéndose por el camino...

...hasta que descubrieron que todos los demás caballeros
del Antiguo Reino, a pesar de su fuerza y coraje,
habían sido derrotados por el Dragón Lanzallamas.

Don Roberto debía tomar una decisión importante.
¿Arriesgaría la vida enfrentándose al terrible Dragón Lanzallamas,
o volvería a su pacífica existencia? Después de mucho meditar,
Don Roberto no dudó más y decidió salvar al Antiguo Reino.

La entrada a las tierras del Dragón quedaba justo al borde
de las montañas, y estaba señalada con una trompeta de hierro.
¡Había llegado la hora de la verdad! Don Roberto, Varilla,
el cachorro y la cometa ultimaron los detalles
de un plan para atrapar a Lanzallamas.

Don Roberto entró en las tierras del Dragón haciendo sonar la trompeta para desafiar a Lanzallamas a entablar combate.

Don Roberto pasó todo el día galopando de aquí para allá,
tratando sin éxito de encontrar al monstruo. Ya estaba
a punto de regresar junto a sus amigos, cuando
Lanzallamas salió en silencio de su cueva secreta.

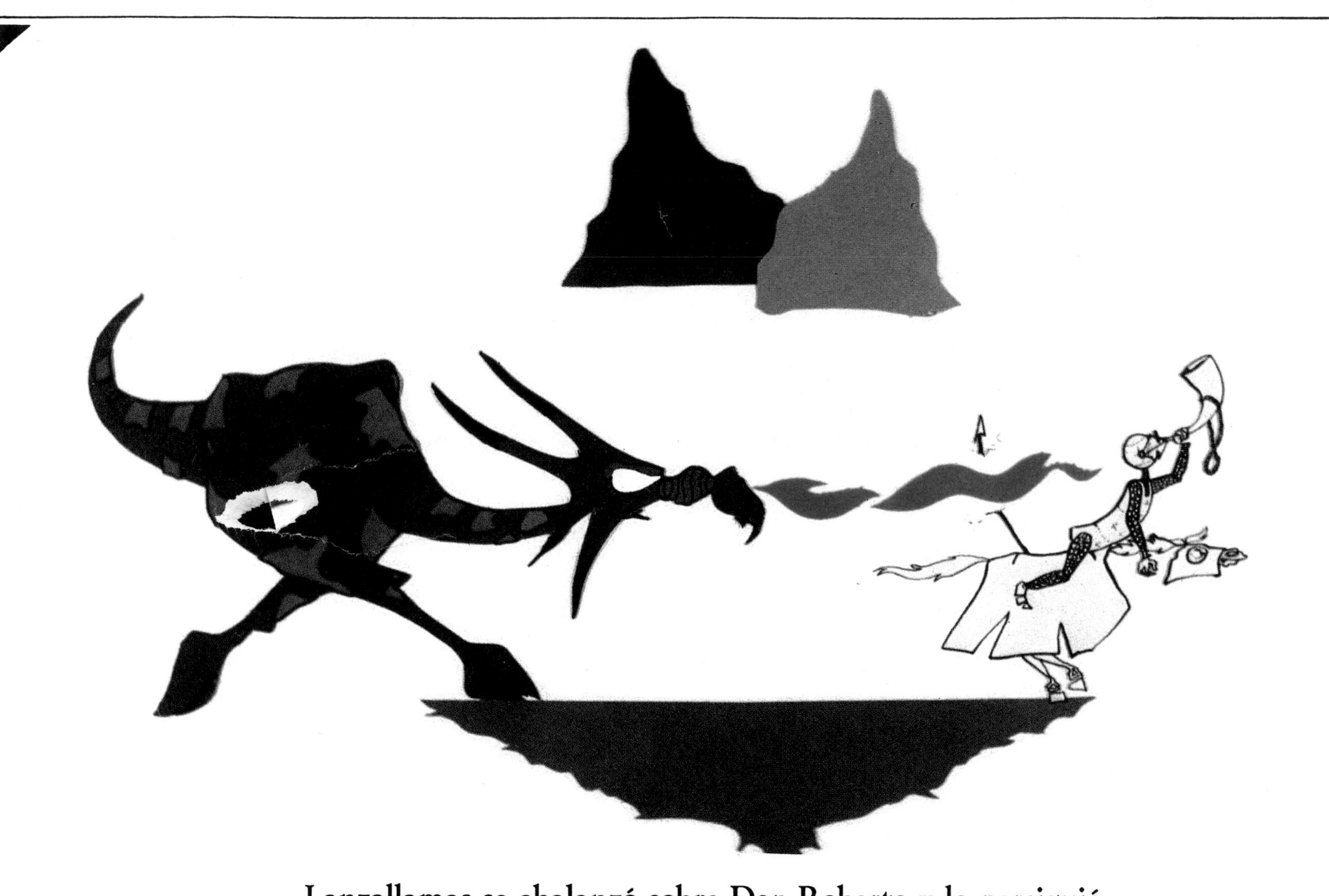

Lanzallamas se abalanzó sobre Don Roberto y lo persiguió
sin tregua, arrojando largas columnas de fuego por la nariz,
lo que le produjo al caballero una dolorosa quemadura en el trasero.

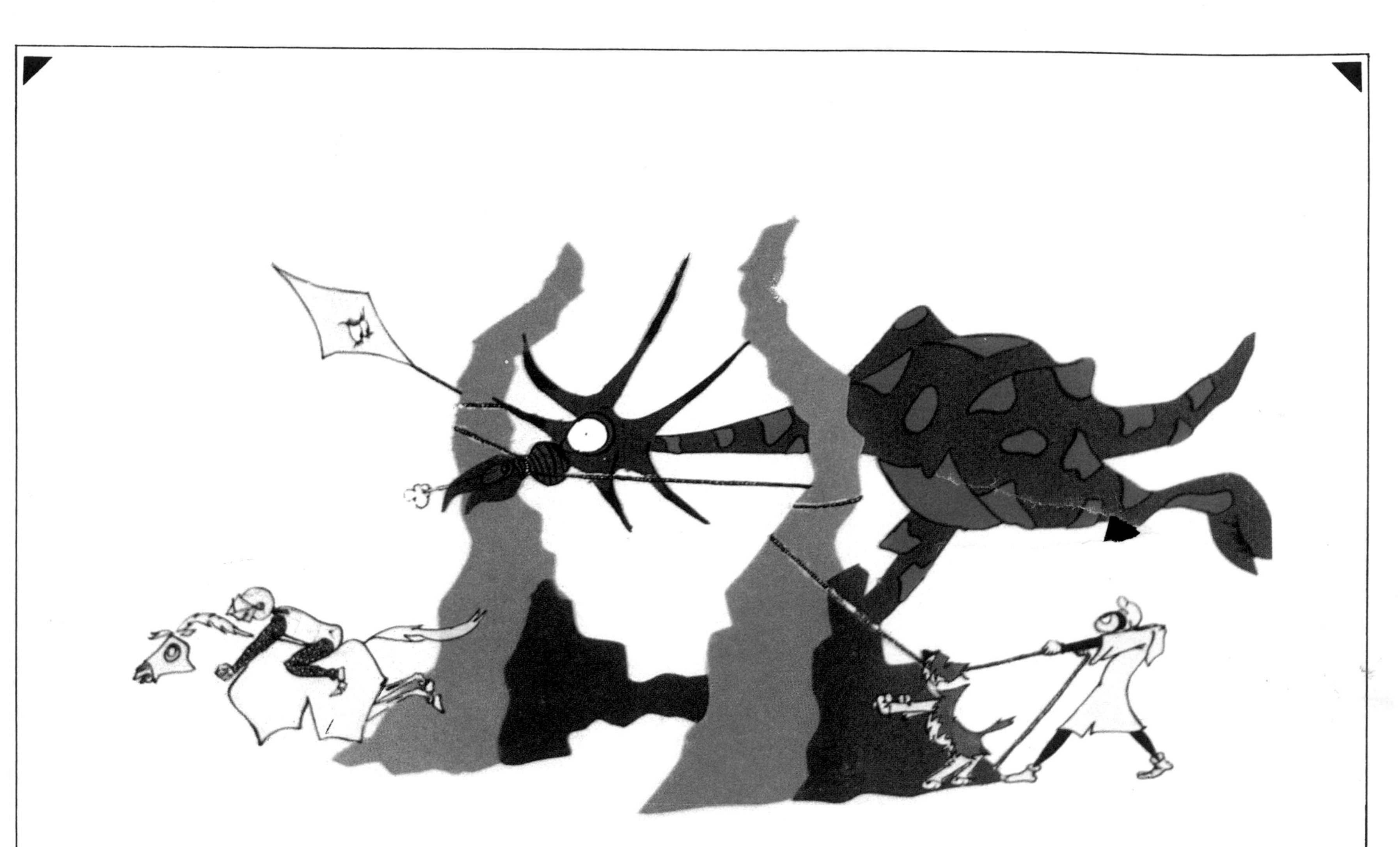

El Dragón se sentía muy orgulloso de sí mismo,
pensando que Don Roberto estaba huyendo de él...

¡Cuando de pronto cayó en la trampa que le habían tendido!

¡Lanzallamas estaba furioso! ¡Hasta entonces nadie
había podido engañarlo!
Sopló y resopló pero, con la cuerda enroscada en el hocico,
no pudo lanzar ni una sola llamita. Haciendo un último,
desesperado esfuerzo, Lanzallamas respiró profundamente
y sopló con toda su fuerza.

¡Y así fué como Lanzallamas, de la furia, perdió la cabeza!

Don Roberto regresó con sus amigos a la capital del
Antiguo Reino, para darle al Rey las buenas noticias.

El Rey se contentó muchísimo al saber que su Reino ya no tendría que temer al Dragón Lanzallamas, y reunió a todo el mundo en la Sala del Trono para celebrar el coraje de Don Roberto. La Princesa Dorotea, sin embargo, se sintió un poquitín decepcionada: ella hubiera preferido un esposo menos valiente pero más apuesto. Para disimular su descontento, Dorotea se puso a jugar con el cachorrito.

Cuando se le occurrió a la princesa Dorotea darle
al perrito un beso en la nariz, hubo un ruido
de truenos, seguido de un humo violeta...
¡Y el cariñoso perrito se convirtió en un Príncipe
muy buen mozo! El Príncipe explicó que la armadura
que colgaba sobre el pozo era la suya. ¡La magia de
la Selva Tenebrosa lo había transformado en un perro!
Mientras contaba su historia, el Príncipe Encantado y la
Princesa Dorotea se enamoraron profundamente.

Ese sí fue un golpe doloroso para el pobre Don Roberto.
La Princesa Dorotea era muy atractiva, pero su amistad con el cachorro,
ahora un Príncipe, era aún mas importante para él. De manera que, a pesar de
su tristeza, el caballero decidió no hacer nigún reclamo. Don Roberto
salió del Salón Real y fue a llorar en silencio
a una torre abandonada del castillo. Varilla lo siguió
de cerca, llevando consigo la cometa.

Cuando la primera lágrima de Don Roberto rodó al suelo,
hubo un ruido de truenos, seguido de humo violeta...
¡Y la cometa se convirtió en una delicada Princesita!
La Princesita explicó que había sido la única ocupante de la carroza
abandonada en la Selva Tenebrosa. ¡La magia del lugar la
había transformado en una cometa! Mientras contaba su historia,
La Princesita y Don Roberto se enamoraron profundamente el uno del otro.

En la capital del Antiguo Reino se festejó la doble boda con un magnífico banquete. ¡Y el invitado de honor fue Varilla!

Don Roberto nunca más se sintió inquieto. Llevó a su esposa a su apacible casita, donde regaban el jardín y le daban de comer al gato, y así vivieron felices para siempre.

TEMAS DE CONVERSACIÓN™

VALOR

¿Qué significa
ser valiente?

*

¿Se asustó Don Roberto de los
ladrones que atacaron a Varilla?

*

¿Sintió miedo Don Roberto
de ir en busca del Dragón
Lanzallamas?

AMISTAD

¿Por qué Varilla
le fué fiel a Don Roberto?

*

¿Por qué puedes contar con tus
amigos cuando los necesitas?

*

¿Por qué a Don Roberto
le pareció más importante
la amistad del Príncipe
que casarse con la Princesa?

TRABAJO EN GRUPO

¿Por qué es mejor resolver
los problemas en grupo,
que enfrentarlos solo?

*

¿Crees que el caballero
hubiera podido vencer
al Dragón Lanzallamas sin
la ayuda de sus amigos?

DESILUSION

¿Como se sintió Don Roberto
cuando supo que
la Princesa amaba a otro?

FELICIDAD

¿Encontró el caballero lo
que había estado buscando?

*

¿Qué fue lo que le
hizo sentirse mejor?

VARILLA

¿Quién es Varilla?

*

¿Cuándo apareció en
esta aventura?

*

¿De dónde venía?

*

¿Qué hacía en la selva?

*

¿Cómo ayudó a
Don Roberto?